只为途中与你相见

仓央嘉措

当你爱上诗歌　你将会爱上这个世界

最美古诗词

轻文艺手账本

五洲传播出版社

图书在版编目（CIP）数据

仓央嘉措 ：只为途中与你相见 ／（清）仓央嘉措著．-- 北京 ：五洲传播出版社，2018.1（2021.1 重印）

ISBN 978-7-5085-3853-2

Ⅰ．①仓... Ⅱ．①仓... Ⅲ．①古典诗歌－诗集－中国－清代 Ⅳ．① I222.749

中国版本图书馆 CIP 数据核字 (2017) 第 265017 号

仓央嘉措：只为途中与你相见

作　　者　仓央嘉措
出 版 人　荆孝敏
策划编辑　王　颖
责任编辑　梁　媛
封面设计　tinkle
制　　版　北京紫航文化艺术有限公司

出版发行　五洲传播出版社
地　　址　北京市海淀区北三环中路 31 号生产力大楼 B 座 6 层
邮　　编　100088
发行电话　010-82005927，010-82007837
网　　址　http://www.cicc.org.cn，http://www.thatsbooks.com
印　　刷　深圳市国际彩印有限公司
版　　次　2021 年 1 月第 1 版第 6 次印刷
开　　本　880mm × 1230mm　1/32
印　　张　6
字　　数　20 千
定　　价　49.00 元

中国自古是一个“诗歌的国度”

每个年代都留下了意蕴悠远、传诵至今的诗篇

诗词之美已将汉语升华到至美至纯的境界

《最美古诗词》轻文艺手账本

愿使执本之人与古人隔世相遇

凭一首诗词，半幅古画

一起感受春雨夏花、秋果冬雪

记录下属于自己的四时之美与人生离合

当你爱上诗歌

你会爱上这个世界

我放下过天地，却从未放下过你 〇〇七

不负如来不负卿 〇二九

我是世间最美的情郎 〇七五

我放下过天地，
却从未放下过你

这么多年，
你一直在我心口幽居，
我放下过天地，
放下过万物，
却从未放下过你。

第一最好不相见，如此便可不相恋。
第二最好不相知，如此便可不相思。
第三最好不相伴，如此便可不相欠。
第四最好不相惜，如此便可不相忆。
第五最好不相爱，如此便可不相弃。
第六最好不相对，如此便可不相会。
第七最好不相误，如此便可不相负。
第八最好不相许，如此便可不相续。
第九最好不相依，如此便可不相偎。
第十最好不相遇，如此便可不相聚。
但曾相见便相知，相见何如不见时。
安得与君相诀绝，免教生死作相思。

那一刻，我升起风马，不为乞福，只为守候你的到来。

那一天，闭目在经殿香雾中，蓦然听见，你颂经中的真言。

那一日，垒起玛尼堆，不为修德，只为投下心湖的石子。

那一夜，我听了一宿梵唱，不为参悟，只为寻你的一丝气息。

那一月，我摇动所有的经筒，不为超度，只为触摸你的指尖。

那一年，磕长头匍匐在山路，不为觐见，只为贴着你的温暖。

那一世，转山转水转佛塔，不为修来生，只为途中与你相见。

那一瞬，我飞升成仙，不为长生，只为佑你平安喜乐。

我独坐须弥山巅，
将万里浮云一眼看穿。
一个人在雪中弹琴，
另一个人在雪中知音。
先是在雪山的两边遥相误解，
然后用一生的时间奔向对方的胸怀。

我行遍世间所有的路，
逆着时光行走，
只为今生与你邂逅。

从来不见最好，
也省得情丝萦绕；
原来不熟也好，
就不会这般颠倒。
我开始知道什么是佛缘。
在我胸口有一朵青莲，
那是经历过尘世痛苦的印记，
却没有想到那是你对我今生的呼唤。
我会去寻你，
一定的，
等着我。

不负如来不负卿

曾虑多情损梵行，
入山又恐别倾城，
世间安得双全法，
不负如来不负卿。

我问佛：世间为何有那么多遗憾？

佛曰：这是一个婆娑世界，婆娑即遗憾。

我问佛：如何让人们的心不再感到孤单，

佛曰：每一颗心生来就是孤单而残缺的。

多数带着残缺度过一生，

只因与能使它圆满的另一半相遇时，

不是疏忽错过，

就是已失去了拥有它的资格，

没有遗憾，

给你再多幸福也不会体会快乐。

我问佛：如果遇到了可以爱的人？
却又怕不能把握，该怎么办。
佛曰：留人间多少爱，
迎浮世千重变，和有情人，
做快乐事，别问是劫是缘。

佛曰：一切自知，一切心知，月有盈缺，潮有涨落，浮浮沉沉方为太平。

佛曰：执著如渊，是渐入死亡的沿线。

佛曰：执著如尘，是徒劳的无功而返。

佛曰：执著如泪，是滴入心中的破碎，破碎而飞散。

缘来天注定，缘去人自夺。

种如是因，收如是果，一切唯心造。

笑着面对，不去埋怨。

悠心、随心、随性、随缘。

我仍愿做红尘路上一颗忧郁的石子。
莫愁湖，风寒轻拢烟雾……
长亭路，目断不知归途……
碎香，凝寒露，心仍执著。

人本是人，不必刻意去做人；
世本是世，无须精心去处世。
坐亦禅，行亦禅，
一花一世界，一叶一如来，
春来花自青，秋至叶飘零，
无穷般若心自在，语默动静体自然。

佛门中说一个人悟道有三阶段：
勘破、放下、自在。
的确，一个人必须要放下，
才能得到自在。

我问佛：为什么总是在我悲伤的时候下雪，

佛说：冬天就要过去，留点记忆。

我问佛：为什么每次下雪都是我不在意的夜晚，

佛说：不经意的时候人们总会错过很多真正的美丽，

我问佛：那过几天还下不下雪，

佛说：不要只盯着这个季节，错过了今冬，明年才懂得珍惜。

静寂，辽阔，深邃，平和，
一束束的格桑花，把安详的生命，
从苍茫的世界，迎到门隅。
顺着雪山的眼神，送到布达拉宫。
白昼，黑夜，喧嚣，迷惘。
流浪在拉萨街头，恣肆地敞开爱之门，
将满目的繁华，带回到昏黄的佛灯下。
佛微笑着，记得，很久前在莲花上，
你也这样笑，这样笑得平淡。
明灭，有无，得失，来去。
你忘记了自己、尘世、过往和轮回。
你在归去的路上，莲花、云和永恒，
在你的心上，或者你在她们的心上。

你在凡尘，
你在一页一页的经书上，
手指一动，莲花盛开，
过去、未来；流浪、驻守。
云和月，把你送到远方的远方
岁月、人寰、沧桑，牵不住你的远。
你在闪电和天空的回忆里
低眉捻住一颗枯草，微笑。
你一微笑，天地就宽阔了。

秋天深了，
神的家中鹰在集合，
神的故乡鹰在言语，
秋天深了，
王在写诗，
在这个世界上。
秋天深了，
得到的尚未得到，
该丧失的早已丧失。

我问佛：为何不给所有女子羞花闭月的容颜？
佛曰：那只是昙花的一现，用来蒙蔽世俗的眼。
没有什么美可以抵过一颗纯净仁爱的心，
我把它赐给每一个女子，
可有人让它蒙上了灰。

不要去寻佛，
他在很远的地方，远过沧桑。
不要问佛你从何处来，
你从轮回的足迹来。
不要问佛有没有悲伤，
他在你的悲伤里打坐。
不要说佛离你太远，
是你躲在心的角落，看不见云彩。
佛就在上面，你看不见啊！
佛说：扫去你心底的尘。
佛说：我就在你心里。

我是世间最美的情郎

住进布达拉宫，
我是雪域最大的王；
流浪在拉萨街头，
我是世间最美的情郎。

住在布达拉宫，
是日僧仓央嘉措；
住在宫下面时，
是浪子宕桑汪波。
休道日僧仓央嘉措，
约会情人去啦！
他所寻求的，
不过是普通人的生活。

在看得见的地方，
我的眼睛和你在一起；
在看不见的地方，
我的心和你在一起。

门隅的少年啊，
你还没有在斜阳中亲吻过你的母亲，
却要乘着门前的月亮到远方。
心爱着你的女子，
你可曾知道，
她的泪眼穿过门隅的山和水，
随你去了遥远的他乡。

在那东山顶上，
升起了皎洁的月亮。
玛吉阿米的脸庞，
浮现在我的心上。

自从见佳人，
长夜不能寐。
相见不相亲，
如何不憔悴。

行事曾叫众口哗，
本来白璧有微瑕。
少年琐碎零星步，
曾到拉萨卖酒家。

我和情人相会的地方，
在南门巴的密林深处，
除了巧嘴鹦鹉，
哪个也不知道。
能言的鹦鹉啊，
这秘密，
请不要在路口散布。

心爱的姑娘啊，
你若离开我修法去，
少年我也一定，
跟你到山里去。

杜鹃来自门隅，
带来故乡气息。
如同姑娘相传，
无比心旷神怡。

杜鹃从门隅飞来，
带来了春天的气息。
我和情人相见，
身心轻松欢愉。

我那心爱的人儿，
如做我终身伴侣，
就像从大海底下，
捞上来一件珍宝相似。

路上遇见的意中人，
身上飘溢着醉人的芳香，
担心拾到的白王总，
会再丢失远方。

花开的时节已过，
松石蜂并未伤心。
同爱的人因缘尽时，
我也不必伤心。

一三

寒风的使者：深秋的风，
天鹅流连池沼，
想多停留一会儿，
可那湖面结了冰。

叫我意冷心灰，
渡船虽没情肠，
马头却向后看，
那负心的人儿去了，
却不回头看我一眼。

三

姑娘不是妈妈所生，
莫非桃树上长的？
为什么你的爱情，
比桃花谢得还快？

对于无常和死，
若不常常去想。
纵有盖世聪明，
实际和傻子一样。

虽然肌肤相亲，
情人的真心却不知道。
不如信手在地上画画，
能算出天上星星多少。

柳树爱上了小鸟，
小鸟爱上了柳树。
只要两两用心，
鹞鹰无隙可入。

热恋的时候，
情话不要说完。
口渴的时候，
池水不要喝干。
一旦事情有变，
那时后悔已晚。

意外娉婷忽见知，
结成鸳侣慰相思。
此身似历茫茫海，
一颗骊珠乍得时。

邂逅谁家一女郎，
玉肌兰气郁芳香。
可怜璀璨松精石，
不遇知音在路旁。

喝了一杯没醉，
又喝一杯还没醉，
少年的情人劝酒，
一杯便酩酊大醉。

写出的小小黑字，
水一冲就没了。
没绘的内心图画，
咋擦也不会擦掉。

想她想得放不下，
如果这样去修法，
在今生此世，
就会成个佛啦。

渐悟也好，
顿悟也罢，
世间事除了生死，
哪一件事不是闲事。

含情私询意中人，
莫要空门证法身。
卿果出家吾亦逝，
入山和汝断红尘。

入定修观法眼开，
启求三宝降灵台。
观中诸圣何曾见，
不请情人却自来。

佛说：万法皆生，皆系缘份，
偶然的相遇，蓦然的回首，
注定彼此的一生，
只为眼光交汇的刹那。
缘起即灭，缘生已空。

茇茇草上的白霜，
还有寒风的使者，
就是它们两个，
折散了蜂儿和花朵。